LE FILS

DE LA PROMESSE,

POÈME SACRÉ,

SUIVI

DE PLUSIEURS ODES.

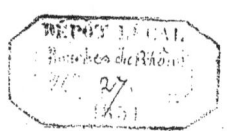

LE FILS

DE LA PROMESSE,

POÈME SACRÉ,

SUIVI

DE PLUSIEURS ODES,

PAR LE MARQUIS DE VALORI.

AIX,

IMPRIMERIE AUBIN, SUR LE COURS, I.

1831.

LE FILS DE LA PROMESSE,

POÈME SACRÉ.

Suis-moi vers Chanaan... La promesse est féconde...
Viens, narrateur sacré de l'enfance du monde,
A qui, de ses décrets pontife et confident,
Apparut l'Éternel dans un buisson ardent,
Dès que l'Arche, voguant sur des flots sans rivage,
Eut suspendu sa course au front d'un mont sauvage !
Peins-moi le patriarche, hôte aux antiques mœurs,
Et l'enfant qu'ont prédit trois anges voyageurs !

Tant que l'homme, au jardin qu'habitait l'innocence,
Dans un fruit séducteur respecta la défense,

Dieu l'aima ; mais, hélas ! sous le figuier caché,
Adam fit de l'Éden le berceau du péché.
Dès-lors, goûtant d'Abel les offrandes agrestes,
Il punit le pasteur, le frère aux coups funestes ;
Et ses tristes enfants, tous divisés entre eux,
Ne récoltèrent plus qu'un pain laborieux.
En vain l'auguste voix, s'échappant de la nue,
Reprochait dans Ségor sa bonté méconnue,
Jéhovah de nouveau, pour des cœurs sans remord,
Sur l'arbre de révolte enta l'arbre de mort.
Mais le fils de Tharé, guidé par la sagesse,
Sanctifie à ses yeux une longue vieillesse...
Dieu parle, et la colombe, au verdoyant trésor,
D'un hymen centenaire annonce l'âge d'or.

Du retour d'Isaac la riante journée
Se parfumait des fleurs que tressa l'Hyménée ;
Du pays de Nachor les dociles chameaux
Fléchissent le genou sous d'opulents fardeaux.
Pour hâter l'appareil des fêtes nuptiales,
Le jour naît : l'héritier des tentes pastorales
Et la chaste beauté, fille de Bathuel,

Vont consacrer à Dieu, sur l'odorant autel,

La tunique et le voile ornements de Chaldée ;

L'Ange voluptueux sourit à l'accordée.

Approche unique enfant que Sara doit bénir !

Qu'il est beau de jeunesse et puissant d'avenir !

Tel le palmier d'Hébron, sur la terre Idumée,

S'élève florissant sous la brise embaumée.

De fierté, de candeur, tous ses traits sont émus...

Tel fut l'Ange discret au festin d'Emmaüs.

Des vierges de Haram le tympanon résonne ;

La tente de l'époux de myrte se couronne ;

Les esclaves nombreux, dans des urnes d'airain,

Epanchent de Noé le nectar souverain ;

Le poids des plus doux fruits fait plier les corbeilles ;

Près de lui tout s'émeut. Tel un essaim d'abeilles,

Quand le ciel d'Orient à son char s'est ouvert,

Se pose, en bourdonnant, sur le lis du désert.

Puis le bel Isaac narre son saint voyage,

Les soins d'Eliézer chargé du doux message

Aux plaines de Pharan, quel hasard fortuné

En dirigeant ses pas, l'avait prédestiné.

Pharan s'apercevait... « Vierges de ces vallées,

Que l'abri pastoral ne vit pas exilées,

Disait-il, nous avons erré dans plus d'un lieu,

Traversé le désert sur des sables de feu,

Bravé le soufle ardent des oasis guerrières ;

Des autels du Seigneur vierges hospitalières,

La soif qui nous dévore a besoin d'un peu d'eau :

Parlez ! où pouvons-nous rencontrer un ruisseau ? »

Nulle ne répondait à nos vœux, à nos larmes ;

Quand une fille, un ange, elle en avait les charmes,

S'avance en rougissant de l'éclat des amours :

« L'eau vous manque, dit-elle, ils sont brûlants les jours ;

Des pauvres voyageurs notre onde est la ressource :

Etanchez votre soif à cette pure source. »

Un vase par ses mains à l'instant est rempli :

Que du Dieu de Laban le vœu soit accompli,

Nous dit-elle ! et trois fois cette beauté naïve

De son urne d'airain répand l'onde captive.

Elle ajoute : « Étrangers, venez, que vos chameaux

Puissent à ce rocher s'abreuvr sous ces eaux ! »

— Vous, dit Eliézer, si belle d'innocence

Et de cette vertu qu'on nomme bienfaisance,

Qui goûtez des bons cœurs le charme mutuel,

Votre nom ?... — Rebecca, fille de Bathuel.

— Fille de Bathuel, créature angélique,

Prenez ce *phelim* d'or, cette blanche tunique,

Ces perles d'Orient, ce cercle, ces pendants,

Ces riches bracelets par leur forme attrayants ;

Qu'ils soient de vos beaux jours la parure choisie

— Reprenez ces présents qu'en Egypte on envie,

Sans l'aveu paternel je ne puis les porter. —

Où votre père est-il ?... Courons le visiter !

— Là-bas sous ces palmiers... mais vers nous il s'avance. —

« Le Dieu qui dans nos cœurs anime l'espérance

Te parle par ma voix, ô vertueux pasteur !

C'est au nom d'Abraham qu'un zélé serviteur

Ose de Rebecca, trésor de bienveillance,

Solliciter la main, en signe d'alliance.

Mon vieux maître, Abraham, a des troupeaux nombreux,

Qui couvrent de Sichem les monts délicieux.

Isaac, de son père est le digne interprète ;

Le Ciel dans Rebecca désigne sa conquête. »

Et Mathuel répond : « Que Dieu soit exaucé !

Viens, Rebecca ! Voici ton jeune fiancé ;

J'accepte ton bonheur sous une tente amie ! »

Ce récit, de Sara régénérait la vie ;

Elle a revu son fils. Telle à l'aube des jours,
Si l'oiselet échappe au nid de ses amours,
La fauvette en tout lieu jette un cri de détresse ;
Mais il a reparu... son chant peint l'allégresse.
Sous les traits d'une vierge, un messager divin,
L'Archange de l'épreuve assistait au festin ;
Dans les champs infinis des sphères étoilées,
Divinisant Hébron et ses douces vallées,
Raphim est descendu sur des volutes d'or,
Quand l'astre oriental ralentit son essor,
Et déjà sous la tente où vivront deux familles,
L'Archange environné d'un chœur de jeunes filles,
Au Fils de la promesse, espoir de Chanaan,
Exalte la beauté de la sœur de Laban,
Et par l'illusion que berce la jeunesse,
Ouvre son jeune cœur au premier trait qui blesse ;
Lui prédit les rameaux du tronc patriarchal
Sous la tente... où se dresse un banquet nuptial.
Mais, après les accords de la sainte prière,
Quand la nuit d'Isaac eut fermé la paupière,
Raphim étend sur lui son plumage d'azur ;
Lui peignant en tableaux l'avenir moins obscur :
L'échelle de Jacob, aux lumineux mystères,

La vente de Joseph par ses coupables frères,

Les Tables de la loi sur le mont Sinaï,

La manne du désert, le flot du roc jailli,

Le veau d'or renversé par un soudain miracle,

Moïse consacrant le Saint du Tabernacle,

L'exil et le retour du peuple d'Israël,

Les deux fils d'Aaron brûlés du feu du Ciel,

Les murs de Jéricho, souillés par des blasphèmes,

Au son des instruments tombant comme d'eux-mêmes,

L'astre, par Josué, dans son cours suspendu,

Dans la fosse aux lions Samuël descendu,

La harpe de David aux fêtes solennelles,

De l'Arche saluant les portes éternelles,

Enfin de Salomon le temple, auguste lieu,

Merveille où le cantique annonça l'Homme-Dieu.

Ce songe a réveillé le Fils de la promesse,

Qu'attend le patriarche accablé de tristesse.

L'écho de Moriah l'appelle avec son fils,

Aux décrets éternels Abraham est soumis.

Mais qui peut du Très-Haut pénétrer la pensée !

La parole s'éteint sur ma lèvre glacée,

Disait Eliézer ; du Ciel, en sa faveur,

Abraham a béni la cruelle faveur !...

Si Sara soupçonnait qu'une tête si chère !...

Le cri du désespoir suit le deuil d'une mère.

Pour mon maître, il sourit à son adversité;

D'un rayon du Très-Haut son cœur fut visité.

Réconciliateur entre les deux figures,

Un roi, dit-il, naîtra dans les races futures,

Et de cette tribu... Vain songe ! jour affreux !

Les enfants d'Israël n'auront-ils plus d'aïeux?...

Comme il retraçait bien, dans ses douleurs mortelles,

La résignation du père des fidèles,

Armé contre lui-même et fier d'être vainqueur

Des combats incessants que lui livrait son cœur.

Ainsi victorieux, dans les plaines célestes,

Michel, qu'ont attaqué les milices funestes,

Repoussait, calme et prompt, bien qu'ils fussent nombreux,

La fureur et le choc des esprits ténébreux;

Ou presqu'enveloppé dans leurs coupables piéges,

Replongeait dans la nuit les anges sacriléges,

Et, stable comme un roc, sous le glaive de feu,

Fortifiait son bras à la gloire de Dieu.

Enfants aëriens de la voûte céleste,

Décrirai-je sans vous une scène funeste

Qui va de l'Idumée annoncer la grandeur !
Mon récit de vos chants invoque la candeur !

Lentement précédé de sa jeune victime,
Abraham du Carmel avait atteint la cime :
— Mon père, où marchons-nous, lui dit le Fils aimé ?
Allons-nous dépouiller le palmier embaumé ?
Qu'avec transport, ce soir, j'embrasserai ma mère
Et la sœur de Laban qui va m'être si chère !
— S'il plait à Dieu, mon fils !... J'espère en sa bonté...
Avant tout fléchissons devant sa volonté.
Eh bien ! père, allumons l'encens du sacrifice ;
Pourquoi de Jéhovah retarder la justice !... »
Et leur main élevait un autel au Seigneur.
— Tout est prêt, dit enfin le Fils du roi pasteur ;
Voilà le feu, l'encens... Où donc est la victime ?
Abraham lui répond, dans son horreur sublime,
La victime ?... c'est toi... «Moi ! dit l'Enfant promis !
A ce cruel arrêt vous me verrez soumis. »
Dans les bras paternels tout à coup il s'élance !
Du patriarche ému qui peindra le silence ?
— O mère, ô Rebecca, je ne vous verrai plus !

Adieu, tentes d'Hébron, asile des vertus !

Adieu, mes chers troupeaux dont les tributs champêtres

Furent offerts souvent au Dieu de nos ancêtres,

Ruisseaux, frais oasis, je ne dois plus vous voir,

Car Jéhovah m'attend !... Père, fais ton devoir !

Triste, mais résigné, d'un sanglant ministère

Abraham s'occupait... ses pleurs couvrent la terre ;

Il attache au bûcher, par de robustes nœuds,

Son fils qui, sous lui, courbe un front religieux ;

A la voix de Raphim, de l'homicide glaive

D'une tremblante main il se saisit, le lève !...

« Arrête ! dit Zoël, l'Éternel est content !

Pasteur, applaudis-toi d'un triomphe éclatant !

Mais ce n'est qu'un Dieu seul qui, revêtant la vie,

Pour le salut de tous, incarnera l'hostie.

Il fallait obéir, tu n'a point murmuré ;

Consume l'aloès sur ce bûcher sacré !

D'un bélier qui se cache en ce buisson sauvage,

Sur cet alpestre autel à Dieu suffit l'hommage.

Ce modeste holocauste à Jéhovah sourit.

Puis retourne à Sichem au souffle de l'Esprit !

Quant à toi, Fils promis, lève-toi sur les fleuves !

La vertu met un terme aux divines épreuves ;

Hésiter avec Dieu, ce n'est pas croire en lui.

Tu fus obéissant... mon bras est ton appui.

Ton père, mieux qu'Adam, ce premier né du monde,

De ses sages décrets perça la nuit profonde ;

Tombe à genoux !... Et toi, saint aïeul d'Israël,

Ton fer reste immobile à la main de Zoël. [1]

Le Fils prédestiné t'est rendu par un maître,

Qui rattache sa gloire au jour qui le vit naître

Dans les siècles lointains je plonge sept regards...

Sion sous Moriah doit fonder ses remparts ;

Là, du Dieu d'Israël, arrêts inévitables,

Dans le bois de Sétim reposeront deux tables.

Un prince de ton sang en sagesse profond,

Élèvera son temple au sommet de ce mont.

La majesté du Dieu qu'attestent vos cantiques,

Verra des flots d'encens saluer ses portiques ;

Et sa magnificence attend un Rédempteur,

D'un nouveau genre humain le nouveau créateur.

Ce jour s'accomplira. « Silence, luts sonores,

A la voix du Très-Haut !... « Abraham tu m'honores :

Pasteur obéissant, vois ce bûcher éteint !

---

[1] L'ange de rémission.

Sur ses cendres un jour, fleurira l'Arbre-Saint.

Avec quels doux transports, quel paternel délire,

Tu reçus dans tes bras l'Enfant né du sourire,

Ce Fils de la promesse annoncée aux mortels,

A toutes mes bontés érige des autels,

Etend au loin sa main ouverte à l'indigence ;

Equitable en son cœur, profond d'intelligence,

Vénérant en vous deux l'auteur de l'univers,

L'éclat de ses vertus embellit vos déserts.

Mais j'aperçois sa mère, inquiéte, éperdue !

Qui la guide au sommet de la montagne ardue ?...

C'est la sœur de Laban que pare un *phelim* d'or :

Vers Isaac [1] absent rapide est son essor !

Le choix de son époux lui dit déjà qu'elle aime...

Mais son âme, d'un deuil, pressent l'heure suprême.

Les voici !... Patriarche, appaise tes ennuis !

Au plus sombre des jours, la plus sainte des nuits

Va pour toi succéder, glorieuse et féconde :

Ton fils sera l'aïeul des nations du monde !

Les vierges du Jourdain, pour fêter ce grand jour,

S'apprêtent à m'offrir l'holocauste d'amour. »

---

[1] Isaac, en Hébreu, veut dire *ris.*

Dieu parlait : Il se montre aux sphères étoilées,
Que parcourent sans fin ses légions ailées;
Et leurs débiles yeux, à ce subit aspect,
Restent comme aveuglés de joie et de respect.
L'homme des temps sacrés, du mont prêt à descendre,
Précipite son front sur l'holocauste en cendre...
« Chanaan va pleurer l'oubli de ses vallons,
Pars! dit Zoël, retourne à tes blancs pavillons!
Dans la caverne antique où se plaît la prière,
Je cacherai ton corps sous un voile de pierre
Pour que le peuple élu, le pur sang des Hébreux,
Retrouve, à ce tombeau, la foi de ses aïeux. »

Soudain, Zoël se tait. Des ailes d'amarante
Soutiennent, de son corps, la souplesse ondoyante;
Son pied quitte la terre, et l'ineffable voix
S'éteint comme un soupir qui se perd dans les bois.
Il décrit une croix dans son immense orbite,
Ne paraît plus qu'un point au foyer qu'il habite...
Et son essor mourant dans l'abîme d'azur,
De la rédemption sillonne le jour pur.

LA NATIVITÉ DE NOTRE SEIGNEUR.

..... Et habitavit in nobis.

Où suis-je ? Quel Archange a plané sur ma tête ?
Oui, le fils de Jessé, pour ma lyre interprète,
Réveille les accords de son psaltérion...
Un jour éblouissant inonde ma paupière ;
Sur le Saint Tabernacle, au cri de la prière,
Descend et resplendit le berceau de Sion !...

Dans la jeune Ephrata revêts ta gloire antique !
Renais, ville du Saint, sous l'aurore mystique
D'un jour qui fut connu des anciens d'Israël !
Car le Prophète a dit : « Jérusalem captive,

« Qu'Assur ne paya point d'une obole chétive,
« Attend pour sa rançon un otage du Ciel. »

Fugitif devant Dieu, cherchant une patrie,
Ennemi protecteur de l'Égypte aguerrie,
Des princes de Babel captif énorgueilli,
Ce peuple a désarmé le Dieu qui, sur la terre,
Sillonna des éclats de son juste tonnerre
Les champs de Zabulon et ceux de Nepthali...

Quand la main de ce Dieu pesait sur elle encore,
Voisine du Jourdain, la Galilée implore
Le prix immérité de son tardif remord;
Mais de ce peuple errant dans la nuit des ténèbres,
Son souffle a dégagé de ses voiles funèbres
Toute une région et d'orgueil et de mort.

Le monde enfin, Seigneur, sourit en ta présence,
Comme le laboureur, avec impatience,
Voit se multiplier l'épi de la moisson ;

Ou comme le Gentil dont éclate la joie
Quand d'une riche armure il dépouille sa proie,
Partage le butin ou dicte la rançon.

Eh ! pour lui de Baal, idole tyrannique,
N'avez-vous pas, Seigneur, brisé la verge inique,
Ainsi qu'à Madian dans un jour corrupteur,
Où, conseillère impie et docile à l'insulte,
La trahison trompée en son profane culte,
Vint livrer sa tunique au feu dévorateur.

Ainsi, toujours fidèle à ta parole sainte,
Ton Verbe s'est fait chair dans une obscure enceinte,
Et sa divinité dans les cœurs se répand.
A ton peuple béni dans le lointain des âges,
Tu dis : Prends, Israël, pour protéger tes sages,
Ce glaive dont la flamme ondule en long serpent.

Ton Verbe élut, Seigneur, son berceau dans l'Asie;
Dieu de force et de paix, fils du Dieu d'Isaïe,

Dans sa nativité la voix des temps se perd...
« L'iniquité, Sion, enfin t'est pardonnée,
Oui, des faveurs du Ciel luit pour toi la journée...
N'entends-tu pas la voix crier dans le désert!... »

La voix te dit : Criez!.... « Que faut-il que je crie?
Ma chair n'est-elle pas l'herbe de la prairie?...
Tout en moi n'est qu'une ombre, et Dieu seul est vivant,
La route montueuse est pour lui nivelée,
La colline descend jusqu'à l'humble vallée,
Rois, adorez son astre et cheminez devant! »

L'ambre aux pleurs parfumés, et l'encens et la myrrhe,
Pour un Dieu nouveau-né que le pasteur admire,
En nuage odorant sortent des vases d'or ;
Symbolique tribut des princes de la terre
Qui, pieux voyageurs dans l'ombre du mystère,
A genoux, de la Foi déposent le trésor!...

Scintille avec amour, ô reine des étoiles!

Oui, de la grande nuit s'éclaircissent les voiles ;
Scintille, et sois pour nous l'étoile de salut !
Voici l'encens, et la myrrhe, et la Crêche et les Mages ;
Mais que les jours nouveaux sont avares d'hommages !...
Que de peuples absents du Dieu qui les élut !...

Loin, loin les jours payens de Rome et de la Grèce !
Retentissez, lieux saints, d'une vive allégresse !
L'antiquité vaincue adjure son orgueil ;
Le monde a préféré la Crêche au Capitole,
Et le Verbe incarné que fête l'humble étole
Traverse le berceau pour franchir le cercueil.

Verbe, si des Gentils la lance inévitable,
De ton sang rédempteur teint son fer redoutable,
S'ils sont privés du nom d'enfants de Jésus-Christ,
De tes adorateurs, soleil, dans les tempêtes,
Ta bénédiction descendra sur nos têtes,
Soutenant la *faiblesse* au souffle de l'esprit !...

Tel, au pied caverneux des Alpes maritimes,

Quand son nid ébranlé tremble aux plus hautes cimes,

Si l'aigle sous l'éclair d'un vol rapide a fui,

Ce vigilant proscrit de l'aire foudroyée

Sous son timide aiglon tient son aile éployée,

Ou circulairement vole, et plane sous lui.

LA SAINT-LOUIS.

(25 AOUT 1840.)

───────── ◆ ─────────

Ce jour d'où jaillit la lumière,
A travers les âges gaulois,
Arbore une enseigne première
Où surgit l'aurore des lois.
Par degré le temps la déploie;
L'innocence, en ses plis de soie,
S'abrite avec sécurité;
Et le soleil de la justice
N'a plus un moment d'interstice
Aux éclairs de la vérité.

Salut ! chef d'une race élue
Au baptistaire du vieux Franc !
Voici ton camp.... Il te salue
Armé de ton pavillon blanc.
Tu m'apparais, ô Preux modeste,
Qui, guidé par le doigt céleste,
Régnais alors, comme aujourd'hui,
Antique et solennel emblème
Qui dit toujours au rang suprême :
Tu viens de Dieu, retourne à lui !

« Chevaliers, mon heure est venue ;
Portez-moi sur ce lit grossier.
L'esprit de feu, qui fend la nue,
A lui prétend m'associer....
Adieu, mes féaux servants d'armes !
Sénéchal, fais taire tes larmes,
Quand le Christ m'appelle en ses bras !
Sur Tibériade enflammée
Le Rédempteur de mon armée
M'aide au plus beau de mes combats.

« L'horison brûlant qui m'éclaire
De mon départ vient m'avertir,
Que j'aime ce lit cinéraire !
Le Dieu qui m'attend fut martyr.
Je fuis la plage orientale....
Déjà la main sacerdotale
M'a versé le chrême du deuil :
Mon fils, d'une tremblante bouche
Apprends le secret qui te touche....
Ton école est à mon cercueil. »

Il s'animait d'un souffle encore ;
Le HARDI s'est agenouillé :
« Si jamais la veuve t'implore,
Si l'orphelin est dépouillé ;
Si, mourant de faim sur la pierre,
L'indigent te fait sa prière,
Si le fidèle est prisonnier,
Ou si la moisson désastreuse
Rend la taille au peuple onéreuse
Que le Trône soit l'aumônier !

« De ton aïeule, ma régente,
La France a béni les bienfaits,
Et la Sorbonne intelligente
Illustra ses doctes essais.
Ton père, non loin de Carthage,
Lègue sa mort en héritage
Au sang protecteur de sa loi ! »
— Ainsi Louis prédit sa fête,
Inaliénable conquête
De la valeur et de la foi.

Appaisez-vous, clameurs civiles,
A la douceur de ses accents !
Dans nos hameaux et dans nos villes
Louis est parfumé d'encens.
Son culte est celui du royaume :
Le fier palais et l'humble chaume
Pour l'exalter n'ont qu'une voix ;
Et verdoyant dans ses racines
Un triple lys, noué d'épines,
Fait de son sceptre un avant-croix.

Ton dédain, siècle de génie,
Sourit du haut de sa raison
A ce grand siècle qui te crie :
Ta conscience est en prison !
Ta marche active est obsédée
D'une lointaine et vague idée,
Incertitude, aux faux rayons,
Et dans tes songes ridicules,
Croyant avancer, tu recules
Endormi dans les factions !

Cependant, l'aimé de Solyme
S'apprête au funèbre combat,
Opposant un calme sublime
Au hideux fléau qui l'abat,
Il voit le ciel... rien ne l'effraie ;
Sa chair livide est une plaie
Qu'il sent le briser sans effroi ;
Mais quoi ! dominant sa nature,
Il assiste à sa sépulture...
Le saint régénérait le roi.

Bientôt la légende naïve
Me dévoile un autre tableau :
De sa parole fugitive
Déjà s'empare le tombeau,
Aux pieds du héros, au front calme,
Un Ange vient poser sa palme...
Le fils de Blanche n'est donc plus !
Il atteint l'azur où s'entr'ouvre
L'éternelle porte d'un Louvre
Où sont à l'abri les élus !...

Captif, et jamais la risée
De l'islamiste menaçant,
Sur l'Europe incivilisée
Il s'élève comme un géant ;
De son auréole sacrée,
Sur nous, dans la zone éthérée,
Il fait pleuvoir ses lys français !
Et le deuil de nos basiliques
A, sur ses cendres héroïques,
Couronné la guerre ou la paix.

Pâlissez, jours de barbarie

Que dominait l'oppression !

Sur nous brille, étoile chérie

Qui devint l'astre de Sion !

L'empire bruyant de la terre

Répond par un hommage austère

Au patron de la chrétienté :

La vertu jamais ne succombe...

Son dernier soupir sur la tombe

Est un cri d'immortalité.

LA FÊTE DE L'ALHAMBRA

ODE.

Pour qui de ces accords l'harmonieux mystère ;
Ces boléros galants, ce pieux ministère,
Parfumant d'aloès les groupes citadins ;
Et ces flammes d'azur, sur ces royales tentes
    D'insignes d'amour éclatantes ?...
Pour qui?... Grenade fête un chef de Paladins !

L'Alhambrâ retentit de clameurs héroïques :
Dans la cour des lions, aux ruines gothiques,
Deux cents preux tout armés s'élancent des tombeaux,
Gonzalve, radieux comme au jour de sa gloire,
    Autour d'un banquet de victoire,
Des Maures enchaînés fait planter les drapeaux ;

« Trop longtemps, chevaliers, une race idolâtre
Aux champs de l'Ibérie ouvre un sanglant théâtre,
Dit le héros, il luit ce jour cher à mon cœur,
Où le digne inspiré de vos mâles courages,
    A de nouveaux Abencerages
Rend douloureux le poids d'un sceptre usurpateur !

Du sang de ses guerriers, ce preux toujours avare,
Des monts de la Biscaye aux champs de la Navarre,
Couvrit de sa bannière un légitime roi ;
Et partout foudroyant des hordes obstinées,
    A pris d'immortelles années,
En aiguisant son glaive aux autels de la foi.

Tel on m'a raconté qu'en des luttes civiles
Les pâtres vendéens, promenant dans les villes
Deux signes consacrés, l'oriflamme et la croix ;
Armés du houx rustique et marchant en colonne,
    Ont conquis l'airain de Bellonne
Et d'un fidèle sang pourpré la fleur des rois.

De deux cents montagnards la phalange animée,
Des lambeaux de leur chair enfanta cette armée,
Qu'entoure Zumala d'un invincible acier,
Et déjà le héros, précurseur de mon ombre,
    Des Valdès défiant le nombre
Epouvante Madrid des bonds de son coursier.

Que prétend ce guerrier, quand l'Europe endormie,
Aux hymnes factieux prête une oreille amie,
Et rêve la grandeur au milieu des débris?
Que veut-il?... Le salut de l'Europe chrétienne !
    Eh bien! qu'un Bourbon le soutienne,
Et cherche de son camp les glorieux abris.

Le voici... Salut donc, petit-fils d'Henri Quatre !
La Navarre française avec toi veut combattre,
Un brillant horison se dévoile à tes yeux !
Il est beau pour un roi de fonder sa puissance
    Sur le devoir de la naissance ;
Et le droit de prouver le sang de tes aïeux.

Ainsi le Béarnais, idole de nos pères,

Qui rêva dans son cœur tous les hameaux prospères,

Fit bénir sa clémence et vénérer son bras ;

Et, bien que roi martyr, sauvant l'Europe entière,

    Proclama sa race héritière

Des triomphes du temps et du sort des combats,

O douleur ! Quoi ! Madrid, dans la fange accroupie,

Au catholique autel livre une guerre impie,

Sur des fronts tonsurés agite le fer chaud,

Et de l'Escurial bravant le seuil auguste,

    Répond au dernier cri du juste

Par de longs hurlements, concert de l'échafaud.

Quoi ! livrés aux fureurs du meurtre et du pillage,

Inquisiteurs plus durs que ceux du moyen-âge,

Les féroces *Mina*, brisant le Crucifix,

En convertissent l'or en leurs mains libérales !.,

    J'entends le *glas* des cathédrales...

L'église agonisante en appelle à ses fils.

Cité de Charles-Quint, reprends ton énergie,
Arrache tes enfants à cette infâme orgie,
Où la rébellion ne connait plus de frein !
Fier de son roi-soldat, un preux à qui tout cède,
    Comme Duguesclin à Tolède,
Ramène le proscrit à son rang souverain.

Cid, qu'aux pieds de son roi la Providence amène,
Son glaive et son trésor, la gloire et sa Chimène ;
Un penchant magnanime émeut son cœur vaillant ;
Mais vengeur des captifs, sur leurs cendres muettes,
    A des bourreaux en épaulettes,
Son courroux a fermé la brèche de Roland.

Carlos, dont le nom seul fait trembler l'anarchie,
Dans sa reine-cité d'un vil joug affranchie,
Sous des arcs triomphaux doit entrer le premier,
Et tel que ce Gaulois dont Rome fut l'esclave,
    Aidé du glaive d'un seul brave,
Va trouver la couronne au front de son cimier,

Chevaliers, levons-nous!.... Oui l'Europe insensible
A sa tonnante voix demeure encor paisible!
Siècle, de tant d'esploits égoïste témoin,
En vain au fond du Nord de fer tu t'environnes,
    Prends garde à tes vieilles couronnes!...
Du volcan plébéïen le feu voyage au loin.

Pour toi, libérateur du trône catholique,
Qui consacras ton glaive à la chose publique;
Toi dont l'Andalousie a soupiré le nom
Si mon ombre à Cadix salua ta bannière
    Viens! l'Ibérie est prisonnière,
Purge-toi de l'exil aux vapeurs du canon! »

Ainsi parlait Gonsalve, et l'héroïque troupe
Applaudit à sa voix; en alternant la coupe
Chacun d'un lys naissant arborait le trésor,
Lorsqu'appelant l'Europe à ce banquet célèbre,
    Un cri part des rives de l'Ebre :
« *Charles* a triomphé dans le camp du drap d'or! »

C'en est fait ; repoussé par l'équité céleste,

L'aveugle esprit retourne à son cahos funeste,

Tel le pin entrainé par un fougueux torrent,

Sous la digue entr'ouverte à sa profonde base,

    S'arrête, et comprimant la vase,

Refoule à son berceau le bourbier conquérant.

L'OMBRE D'ELISABETH DE FRANCE

A L'OCCASION

DE LA MORT DE CHARLES X.

———— • ————

> C'est moi qui suis la Reine !.....
> (PAROLES DE CETTE PRINCESSE.)

Venez à nous, venez, mon frère ;

Quittez ce manteau de douleurs ;

Ce manteau souverain, frêle orgueil de la terre,

Est parsemé là haut d'impérissable fleurs.

Aux champs de la gloire infinie,

Loin d'un ciel au cercle borné,

Qu'entends-je ? Quels accords d'ineffable harmonie

La mort pose ses doigts sur un front couronné.

Beaux Chérubins, esprits célestes,
Descendez sur lui triomphants !
Sur vos ailes d'azur ravissez ses saints restes,
Et d'un baiser d'amour réchauffez ses enfants.

De son berceau, mouvant abîme,
Trois fois mon frère fut absent :
Pour le toit paternel envahi par le crime,
Les larmes d'autrefois sont mes pleurs d'à présent.

Sa lèvre épuisa d'amertume
La coupe de fausse amitié ;
Et son frère mourant que l'échaffaud consume
De son vin de douleurs lui transmit la moitié.

Venez à nous, venez mon frère,
Venez à pas précipités !
Et qu'un soupir clément, quand meurt votre paupière,
Venge dans les proscrits les rois décapités !

Votre aîné combattit l'orage
Et sa fille souffrait tout bas :
Léguez à sa vertu les débris du naufrage !
Son âme est exercée aux douloureux combats.

Elle a soin d'un enfant auguste,
D'un orphelin prédestiné,
D'un brillant rejeton d'une sève robuste,
Dans le deuil paternel athlète nouveau-né,

Votre tête aux sages pensées
N'a rien laissé dans l'abandon…
CHARLES, que n'ai-je pu baiser tes mains glacées
Qui souvent de l'erreur ont signé le pardon !

Mais la cloche du monastère
Ne résonne pas une fois ;
Denis a soupiré dans un silence austère…
Et tout Paris se porte au dernier lit des rois.

Venez à nous, venez, mon frère,

Quittez ce manteau de douleurs;

Ce manteau souverain, frêle orgueil de la terre,

Est parsemé là-haut d'impérissables fleurs.

Venez dans la sainte demeure

Où les ingrats sont ignorés;

Et si du repentir là-bas sonne encor l'heure,

L'avenir redira vos bienfaits honorés.

Là vous attend plein de tendresse

Le preux vénérable des lis

Dont la divine main marie avec ivresse

Les couronnes d'Alger aux palmes de Tunis.

Vous laissez un humble héritage

Comme mortel, mais comme roi

N'a-t-il pas, l'exilé dont il est le partage,

Le soleil de Bovine et celui de Rocroi?

Il vit d'honneur pour sa patrie,

C'est le Bélisaire des Francs.

Si quelque jour... que dis-je? à mes yeux l'Ibérie

Arme comme aux vieux jours et les Noirs et les Blancs.

Venez à nous, venez, mon frère

Quittez ce manteau de douleurs,

Ce manteau souverain, frêle orgueil de la terre,

Est parsemé là-haut d'impérissables fleurs.

Je plains les mortels de cet âge

Que ne désarment nuls bienfaits;

C'est pourquoi votre cœur faiblit dans le courage

De les juger ainsi que Dieu les avait faits.

Mais dans cinquante ans d'infortune

Vos vœux ont des échos soumis;

C'est dans l'adversité que la gloire est commune;

Les cœurs infortunés par instinct sont amis.

Les droits du sang... ceux du martyre
Malheur à qui les viola!...
Le ciel est entr'ouvert!... que son parfum l'attire :
Viens! encore un exil... Nos Chérubins sont là.

Déjà dans le cercle des Anges
CHARLES, tu t'élèves en paix;
Voici la charité qui chante tes louanges,
Et l'honneur étranger, ton orgueil de Français!

Venez à nous, venez, mon frère;
Quittez ce manteau de douleurs;
Ce manteau souverain, dépouillé sur la terre
Est parsemé là-haut d'impérissables fleurs.

Oui, disait la sœur désolée :
CHARLES, tes destins sont bénis!...
O cendres d'un Bourbon proscrit du mausolée,
Vous reviendrez un jour habiter Saint-Denis!

ODE

SUR LE DÉPART DE ROME DU PAPE PIE IX.

———<small>∙⊱✦⊰∙</small>———

> Cantemus Domino et enim gloriose
> magnificatus est, etc.
> (MOÏSE. *Passage de la Mer Rouge.*)

D'où sort-il ce hideux génie
Qui, se jouant des immortels,
D'un trop perfide encens, d'une fausse harmonie,
A salué le Dieu pour briser ses autels ;
Qui, dans sa course délirante,
Ayant, sur la nue odorante,
Porté l'écho du Tibre au pied du Vatican,

Menace du poignard un élu de la terre

  Qu'il couronnait sur le cratère

  A l'heure d'ouvrir le Volcan ?

  Des jours nouveaux aux jours antiques

  Voilà le retour ici-bas !

Rome, voilée, attend les douloureux cantiques

Que soupirait l'Église au temps de ses combats ;

  Où la cité des sept collines,

  Sur l'apostolat en ruines,

S'éplorait pour *Braschi*, dans Valence captif,

Quand, plus tard, *Barnabé*, devant l'Europe en larmes,

  Du saint domaine, au bruit des armes,

  S'éloignait sur un frêle esquif.

  Repousse, vieille urne du Tibre,

  Cet encens peu national !

La Réforme n'a pu, d'un essor sage et libre,

Sous Pie, être ondoyée au fond du Quirinal.

  En vain le Labarum s'éploie,

  Une tumultueuse joie

Déguisait peu l'ardeur de l'équivoque esprit,
Déjà plus d'une fête eut des éclairs funèbres
  Où l'on vit l'ange des ténèbres,
  Trop illuminer Jésus-Christ.

  Aux mœurs, le temps qui se conforme,
  Finit ce qu'il a commencé;
Précipiter l'émeute au cri de la Réforme,
C'est placer la raison dans un cercle insensé;
  Vers la prospérité publique,
  Evitons toute route oblique;
Pour corriger le temps ou proclamer sa voix,
Il faut que par degré, sa force qui nous guide,
  Dans leur sanctuaire décide
  De la maturité des lois.

  Mais elle éclate, la tempête!
  Voici l'apôtre militant!
Si des papes, des rois le martyre est la fête
L'humble Calvaire atteste un divin combattant.

La justice est intervertie,

Le prêtre est devenu l'hostie ;

Le Dieu de l'Évangile est glorieux d'affronts ;

Le Dieu que l'on flagelle est le Dieu qu'il encense !

Il ira, comme sous Maxence,

Traîner sa croix sur les sept monts.

Cardinaux, suivez son exemple,

Marchez vers le roc Aventin ;

Là, comme au Sinaï, votre ciel est un temple,

Où brillera sur vous l'astre de Constantin.

Vous l'osez !... mais le beffroi sonne,

Le plomb siffle, le bronze tonne.

Rome, où règne le crime avec l'impunité,

Va-t-elle délivrer la légion thébaine

Dans la torture ou sous la haine,

Mourant avec solennité ?

Eh quoi ! l'Europe ensanglantée

Par un délire factieux,

Près du verd peuplier voit la Croix déplantée

Et la terre en travail pour détrôner les cieux;

Exécrable erreur! faux prestige;

L'arbre saint a si haut sa tige

Que son ombrage échappe aux doigts profanateurs;

Dans cette région, des rêveurs ignorée,

Où vogue cette arche sacrée

Qui rallia les rois pasteurs!

De cette lutte sacrilége,

Il traça le sombre tableau.

L'homme dont l'Union illustra le cortége

Et qui légua son cœur au fils du grand tombeau.

Cet orateur du ban sévère,

Que l'Irlande à jamais révère;

Il prédit ces jours-là l'éloquent O'Connell,

Dont la voix comprimant la dent de la Famine,

Armait sur un socle en ruine,

L'île des saints et du Rappel!

Que dis-je ? Rome est insensée

Comme aux jours payens de Sylla ;

Le pape est dans les fers, la thiare renversée,

Un poignard !... tout à coup un Archange était là !

Dans les vœux de la tolérance,

Il voit trahir son espérance :

Il part, instruit, hélas ! par de fatals essais !

Ah ! que l'écho du Sud sur une onde muette

Lui redise aux champs de Gaëte,

Le deuil et l'amour des Français !...

Que notre ivresse eût été vive,

Quelle joie emplirait mon cœur !

Si vers nous s'agitant, la voile fugitive

Eût ancré sur nos bords la barque du Pêcheur ;

Notre contrée hospitalière

Aux apôtres est familière.

Et lorsqu'on ravissait l'allié des Césars,

La Rome du Comtat ne fut pas la dernière

Qui lui tendit son aumônière,

Du haut de ses sacrés remparts !

Il a fui Rome et l'esclavage,

Emportant le sacré manteau !

Dieu dérobe sa tête aux arrêts du carnage,

Au supplice du bois, des clous et du marteau.

Hélas ! d'un pouvoir tutélaire

Il connaît trop tard le salaire,

L'auréole promise aux plus hautes vertus ;

Et son char qu'au *Forum* il promena sans peine ;

Des martyrs côtoyait l'arène

Sous l'arc triomphal de Titus ! [1]

[1] Le cirque de *Flavius* est voisin à *Campo-Vacino* de l'arc de triomphe de Titus.

LES PERTURBATIONS DU SIÈCLE.

ODE.

Altera jam teritur bellis civilibus ætas.
(HORACE.)

Démon réformateur qui fais le tour du monde,
Et rêves dans ta marche une source féconde
      De succès immortels;
Fatigué des erreurs de ta vaine science
Souvent le temps brisa, dieu de l'expérience,
      Tes mobiles autels!

Qu'enfanta la pensée un jour émancipée?
Sa noble impulsion gémit, au cœur frappée,
De son culte imprudent;
Aux cris de liberté propageant les scandales
Son déplorable essor à de nouveaux Vandales
A livré l'Occident.

Les subtils fondateurs de cette école sombre
Allumèrent d'abord le flambeau qui dans l'ombre
S'avança lentement;
Puis se développant dans sa course hardie
Le sophisme devint la torche d'incendie
D'un vaste embrasement.

Lois, mœurs, trônes, autels tout périt dans l'arène
Où dominait la force, aveugle souveraine
De ces hommes-vautours
Qui prompts à se ruer dans la route des crimes
Tombèrent à la fois et bourreaux et victimes
Dans ce gouffre des jours!

On les vit renverser dans nos vieux champs saliques
La couronne des Francs, reine des Républiques,
    Mère antique des lois;
Et du manteau sacré dépouillant l'homme auguste
Se partager entre eux les vêtements du juste
    Et les clous de sa croix !

Ceux qui de la Réforme avaient planté la pierre,
Sentirent quelques pleurs sillonner leur paupière;
    Trop tardifs repentirs !
Comme ils auraient flétri les dogmes des faux sages,
S'ils avaient assisté à ces retours sauvages
    De l'ère des martyrs !

Des funestes abus combattant le reptile
Ils en attaquaient cent, il en renaissait mille.
    Du même germe imbus;
L'édifice croula... Quand la fausse sagesse
Rendue à la raison tentait avec adresse
    D'absorber les abus.

Semblable au desservant du temple d'Épidaure
S'il combat le moteur des fièvres qu'il ignore
      Prudent à louvoyer,
Pour ne pas compromettre un sang qu'il étudie
Des agents vicieux qui menacent la vie
      Énerve le foyer.

Les lois suivent les mœurs dans une égale route ;
Et d'un mieux social on peut doter sans doute
      Des peuples inconstants,
Mais avant d'abolir les usages vétustes
Il faut les asservir aux épreuves robustes
      Qu'élabore le temps !

Mais quoi ! Ce fut en vain que le temps sur la terre
Consomma son épreuve !... et son grand ministère
      Echappe au souvenir !
Le triste enseignement de nos pages funèbres
Disparaît dans le vague, et parmi les ténèbres
      Nous faut-il revenir !

Voyez ces contempteurs de la foi sociale
Dont la rebellion en bacchante signale
    Ses vœux illimités;
Qui pour se diviser ma patrie opulente
La veulent ramener à l'aurore sanglante
    De ses calamités!

Ce sont des cœurs armés d'égoïsme et de haine
Qui posant le niveau sur la nature humaine
    A la face des cieux,
De leurs lâches pamphlets inondant la campagne
Ont corrompu la plaine, et pris de la Montagne
    L'emblême audacieux.

Craignez-vous ces héros, triviale phalange
Dont l'étendard lugubre, aux plis couverts de fange
    Fut lacéré trois fois;
Et qui du Panthéon épouvantant le dôme
Saluaient de Marat le livide fantôme
    De leurs bonnets grégeois?

O siècle infortuné, quel antre des furies
Vomit dans nos cités des sombres théories.
  Que suit l'assassinat :
Et ces plans insensés dont l'homicide épreuve
A mis l'Europe en feu, courbé l'Église veuve
  Devant un vil sénat !

Eh ! n'ont-ils pas dans Rome, au pied des sept collines
Outragé le Pasteur qui tient les clefs divines,
  Mis ses jours en péril ;
Jusqu'à l'heure où ce roi de la cité déserte
Traînait la croix du maître aux remparts de Caserte ;...
  Sanctifiant l'exil !

Que veut dire un combat du ciel et de la terre !
Par l'aveugle défi de cette lutte austère
  Le peuple erre à son gré.
Un Bourbon s'est armé, la France suit l'exemple,
L'habitant du Palais est le gardien du Temple...
  Et le pacte est sacré.

Loin ces réformateurs dont la plume insoumise
Vint de la paix du monde en deux ans compromise
  Troubler les doux accords!
Cette secte a vaincu dans sa course fatale
Le vent contagieux que l'Inde orientale
  A soufflé sur nos bords !

La fausse politique est une astrologie
Dont le noir sacerdoce excite la magie
  A de complots secrets :
Autant d'impiétés, autant d'apothéoses !...
Mais dans ce ciel impur, riche en métamorphoses
  Dieu tonna ces arrêts.

Le Pontife est rentré dans la ville éternelle
Là, depuis ce grand jour, s'exécute fidèle
  Sa loi qu'on proclama,
Et Rome à son Olympe ouvrant un vieux musée
Ne va plus demander à sa nymphe abusée
  Le livre de Numa.

Mais qui pourra dompter les cœurs insociables,
Les perfides instincts, les vœux insatiables
    Des Catons d'aujourd'hui,
Qui, condamnant le peuple à d'onéreux subsides,
Ont acheté des champs et des *villa* splendides
    Avec l'impôt d'autrui?

C'est leur main qui tira des bourbiers littéraires
Cet assemblage impur d'écrits incendiaires
    Et de romans hideux,
Qui, poursuivant les mœurs sans leur laisser de trêve,
Iront sans doute un jour, d'un bûcher sur la grêve,
    Alimenter les feux.

C'est leur plume qui va recruter les complices,
Gager les malfaiteurs échappés aux supplices,
    Les enfants égarés;
Solder les artisans que le labeur effraie,
Et les faux indigents, universelle plaie
    Des temps dégénérés!

Mais, que dis-je? la France, au milieu de sa gloire,

Fière de ses destins présagés par l'histoire

Se soutient sur ses lois ;

Jusqu'au jour où des Francs quand l'astre doit renaître

Le deuil des factions proclamera le maitre

De son antique choix.

FIN.

www.ingramcontent.com/pod-product-compliance
Lightning Source LLC
Chambersburg PA
CBHW060802180626
46818CB00002B/672